課題で書く800字エッセイ

佐藤光子

東京図書出版

発刊によせて

光子さんは繊細な人だ。最小の定型詩である俳句において素敵で奥行きのある表現を見せるだけではなく、構成力を必要とする小説の分野でも若い頃から数々の受賞を重ねている。散文の文体もまるで俳句を連ねたように鋭利で透明だ。短いセンテンスを絡め合わせ、人間の心に深く分け入っている。

光子さんは情熱の人だ。十数年前にたったひとりで高野喜久雄の詩によるコンサート開催を決意し、彼が若き日を過ごし、またご自身の故郷でもある高田の大ホールを借り切り、七十名の合唱団を組織して公演するという大事業を成し遂げた。私はそのころ、当地の大学で音楽教員をしていた関係でお手伝いをしたけれど、その行動力には圧倒された。

句作と高野喜久雄は光子さんを語る上で欠かせないキーワードだと思う。代表句のひとつ「さまざまなものを沈めて水澄めり」は高野の合唱作品「水のいのち」と深いところで共鳴しあっている。この本のエッセイでも高野について の思いが度々語られるけれど、その時の光子さんは高野と出会った高田の少女時代のままだ。

光子さんは不思議な人だ。こんなに文章が書けて本を何冊も出版しているのに、最近もカルチャーセンターのエッセイ講座に通って勉強しておられるという。この本もその教室で書いたエッセイをまとめたものである。

ご本人によると、貴志先生という素晴らしい師に出会えたので、その講評も併せて紹介したいと考えたそうだ。

多分その通りなのだろうけれど、見方を変えると貴志氏の講評は光子さんのエッセイを精密に分析し、その凜とした文章の秘密を明らかにして見せているようだ。著者の意図とはあるいは別なところでエッセイの教則本としての役割も果たせる本なのである。

最近の光子さんの内面を覗けると同時に、私のように少しでも文章の腕を上げたいと願う人にはぴったりの構成に仕上がっているようだ。

（この本の「規格」に合わせて８００字に収めました）

後藤　丹（作曲家・上越教育大学名誉教授）

課題で書く８００字エッセイ❖目次

ピンポーン

「るるるーん、るるるーん」と鳴る電話の着信画面に、見慣れた番号が映る。例の彼女だ。「合図をするから、お願いね」。籐椅子で本を読んでいる夫に声をかけ、受話器を取る。

「ねえ、聞いてよ。義姉の綾さんたら――」

またか――。綾さんに関する愚痴は、何度も聞かされている。

彼女とは、高校が一緒だった。こちらの都合も訊かずにいきなり本題に入り、長電話をする。そういう性格で、皆に敬遠されていた。私も敬遠の素振りを見せているつもりだが、それが下手なのか、波長が合うと思われてか、電話が来る。

「あなたが、一番信頼できるわ」と、親愛の情を示されると、単純な私は邪険に出来ない。

「同級だった角さんの陶芸展、公民館であるでしょ。一緒に行かない」と誘ってみたら、「私、興味関心のないことに時間を使うのは勿体ないの。残り時間が少ないのに、読みたい本がいっぱいあるし」と断られてしまった。「時間が無い」が彼女の口癖だ。では、彼女の愚痴を長々と、繰り返し聞かされる私の時間はどうなの、と憮然とする。

しかし、喋ることで気が済むらしいので、喋らせたまま、私はこれからしなければならないことの段取りを考えている。相槌のテンポがずれているのに気がついたらしい。

「ねえ、どう思う。——聞いていた?」

「聞いていたわよ。前から言っているけれど、一度綾さんに対する思いを全部書き出してみなさいよ。何十枚になっても。それを一週間、ひと月でも寝かしておいてから読み返すの。何回も繰り返して読むと、客観的に自分を見ることが出来る。人に話をしても、一時的に気が済むだけ。そういうことは、自分で解決するほかはないのよ」

そう言いながら、夫の背中を突っついた。夫は徐《おもむろ》に立ち上がると、玄関の外からピンポーンと鳴らした。

「あ、宅急便かしら。ごめん、切るわね」

（二〇一八年七月）

【課題】自由題

感想

佐藤光子様、初めまして。貴志です。「エッセイを書く」の講座へようこそ。本講座は、「気楽に書いて気軽に直す」がモットーです。提出いただいた原稿に改案を添えてお返ししていますが、もとよりこれは一案に過ぎません。異論、反論は大歓迎です。よろしくお願いします。

作品は、分類すれば身辺雑記エッセイです。筆者のもとに、定期的に電話をかけて来て、延々と愚痴をこぼす友人が主人公です。誰の周囲にも一人や二人はいる、こうした「困ったちゃん」は、見方を変えればエッセイの題材の宝庫でもあります。抜かりなくアンテナを張り巡らしておきましょう。

書き方は実に手慣れています。書き始める時点で、全体構成とオチがきちんとできているため、作品後半になってもダレたり、逆にスペース不足で駆け足になったりしていません。読者は途中で引っかかることなく、すいすいと終わりまで読み進むことができます。大したものです。

「例の彼女」の人となりは、「ねえ、聞いてよ。義姉の綾さんたら——」「私、興味関心のないことに時間を使うのは勿体ないの」といった台詞で、十二分に描き出されています。こうした台詞と、地の文の「(彼女は) 皆に敬遠されていた」「私の時間はどうなの、と憮然とする」といった論評ががっちり嚙み合い、読者は「例の彼女」が目の前にいるような気分になってきます。

そんな彼女に対する、終盤の筆者の台詞は、読者にとっても小気味よい逆襲となっています。ご主人の協力ぶりも、羨ましいですね。

三カ月経ったら！

一美さん。昨日は短い時間だったけれど、病院でお会い出来て、少し安心しました。

七月に入って届いた手紙には驚きました。

「びっくりさせてご免なさいね。この元気な私にガンが見つかりました。副鼻腔炎の悪化。正しくは腺扁平上皮癌。ステージ4。手術が出来ない所で、構わないでおくと半年！　じわじわと治療して三カ月様子を見る方法はあるって。他に転移していないので、挑戦的な私、過酷な治療に入ります」

え、そんな！　信じられない。すぐ電話を――。けれど泣いてしまいそうなので、手紙を書いて速達で投函しました。さぞ支離滅裂な手紙だったことでしょう。

翌日すぐに電話があって、「速達、嬉しかった！　随分励みになったわ。絶対生還するから」「そうよ。あなたはまだ書くこといっぱいあるはず。元気になって、書かなくちゃ」

あなたとは二十年程前、『文芸たかだ』の文学賞を通して知り合いました。小学校から高校まで同窓とは言え、私の方が十も年上。新潟県高田と東京で住む場所も違い、それまで全く交流はありませんでした。でも顔を合わせるや「一緒に書きましょうね！」と握手。私は妹が出来た気分になり、嬉しかったのよ。

二十日にお見舞いに行く約束をしたけれど、ステージ４のあなたに会うのが怖くて、真っ直ぐ病院へ向かう勇気がなかった。高田に居る同級生に「一緒にお昼ご飯たべよう」と電話し、三人で他愛のないお喋りをして、面会の三時までの時間を過ごしたのです。

あなたは病室の前で待っていてくれ、少し痩せていたけど、相変わらず綺麗でした。

「光子さん。有難う！」点滴管が絡まって、少しぎこちないハグになったけど、しっかりと抱き合いました。私は「治るから。絶対治るから」と繰り返し、あなたも何度も強くうなずきました。三カ月様子を見る頃には、きっといい結果が出る。ね、信じましょう。

（二〇一八年七月）

【課題】私の暑中見舞（書簡体で書く）

感想

暑さの中、癌と闘う友人を見舞いに行った翌日に書かれた作品です。書簡体の文面に、その時の筆者の強い思いが溢れています。冷静になろうとしてもなれず、友人とハグして「治るから。絶対治るから」と繰り返す筆者。飾りのない事実こそが読者を動かすという見本のような作品です。

四行目からの一美さんの手紙が、彼女の性格をよく表しています。「この元気な私にガンが見つかりました」「挑戦的な私、過酷な治療に入ります」。速達で返事を出した筆者にすぐ「絶対生還するから」と電話するというのも、なかなか出来ることではありません。筆者より十歳年下ですが、ここでは癌患者である一美さんのほうが、筆者を引っ張っています。

二人が新潟県高田市（現上越市）の同郷であること、二十年来の文芸仲間であることは、中盤で要領よく説明されています。そしてクライマックスであるお見舞いのシーン。筆者に「光子さん。有難う！」と声をかけ、点滴管が絡まるのも構わずハグをする一美さんは、やっぱり手紙の通りの「ハンサムウーマン」です。

読者の期待通りの人物像を描きあげて、「きっといい結果が出る。ね、信じましょう」と結ぶ、佐藤さんの手腕に敬服します。

私は、私の名前で呼ばれたい

九月に入ってからの土、日曜の句会は、欠席者が多い。孫の運動会の応援のためだ。私の場合、孫はもう社会人になっている。

私の小、中学生の頃、運動会が近づくと男子はうきうきして落ち着かなくなった。授業がしばしば体育に振り替えになるからだ。

私はドッジボールのようなゲーム性のあるスポーツは好きだが、グラウンドに出て砂埃を立てて走ったり、体操したりするのは苦手だ。おまけに入場行進の練習などでは、上級生がふざけたりして、何度もやり直しをさせられるので腹が立ち、算数の授業の方がずっとましだと思ったものだ。

かけっこは速い方だが、父母の前で一、二番にゴールして、拍手されるのは照れ臭いので、加減する。ビリも恰好悪いので、ゴールの前で追い上げ、うやむやな順位の仲間に混じる。障害物競走も、網を潜ると、中でもごもごして、隣の子のために網を持ちあげたりしていた。目立つことは避けたい。居るか居ないかくらいの方が、居心地がいいのだ。通信簿の所見欄に「穏やかな性質で、協調性がある。もっと積極的になると、成績も伸びるはず」と、何度か書かれた。積極的になるのは、面倒くさかった。穏やかな性質は、言い換えれば怠け者なのだ。

中学三年になった時、ある教科の女の先生が異動になった。この先生は依怙贔屓をするので、その他大勢には好かれていなかった。離任式の日、廊下でにこにこと「松田さん。もう少し頑張ってね」と話しかけられてびっくりした。松田さんという子は確かに居た。隣のクラスの、いつも夢を見ているような印象の子だ。学年二クラスで、二年間教えていて、生徒の名前すら覚えていなかったことで、私は余計この先生が嫌いになった。

それから私は、少し自分を主張するようになった。

【課題】運動会

（二〇一八年十月）

感想

運動会の思い出から始まるエッセイですが、そこに描かれた筆者の心理は、なかなか陰影に富んでいます。一編の小説を読んでいるかのようです。

筆者は特に運動好きではありませんが、何でもそつなくできるタイプの生徒だったようです。「父母の前で一、二番でゴールして、拍手されるのは照れ臭い」ので、適当にスピードを調節して「うやむやな順位の仲間に混じる」のをよしとするような子でした。「目立つことは避けたい。居るか居ないかくらいの方が、居心地がいい」というくだりが、筆者の性格を象徴しています。

「穏やかな性質は、言い換えれば怠け者なのだ」と自覚しつつも、中学生までぬるま湯に甘んじていた筆者はある日、考えを改めます。依怙贔屓するので生徒に嫌われていた女の先生が、離任式の日に、なぜかにこにこと話しかけてきます。

ところが先生は、筆者の名前を覚えていませんでした。「隣のクラスの、いつも夢を見ているような印象の子」と間違えていたのです。

バカにしていた先生にすら、自己の存在を認められていなかったことに、筆者はショックを受けます。「それから私は、少し自分を主張するようになった」というラストの一行からは、実にさまざまな思いが読み取れます。筆者のその後数十年の人生はどうなったのか、大いに読者の想像をかきたてる作品です。

日本の言葉

句会が終わってランチをし、三人で東京駅から中央特快高尾行に乗った。二時を過ぎており、電車が一番空いている時間だ。三人並んで腰を掛けることが出来た。私の横には、三十代と思われる外国人夫婦が、四歳位の女の子を挟んで座った。女の子は手に持っていた絵本を直ぐに開き、私の隣の父親に話しかけ、父親も絵本を覗いて答えている。英語だ。

歳時記と電子辞書の入ったバッグは重い。今日の句会のおさらいをするのに、句稿を膝に広げられるようにと、網棚に載せた。

周囲に迷惑にならないように、抑えた声でおさらいを済ませると、テレビで人気の夏井いつきさんの『プレバト!!』の話になった。あの番組は、俳句は年寄りのするものという印象を打ち破った。若者にも俳句は面白いものだと伝え、身近にした功績は大きい。

しかし、私はあの番組で、先生に対してまで「ばばあ」など汚い言葉が連発されるのには、耳を塞ぎたくなる。それを言うと「あれで、視聴者に受けているのよ」と擁護する人もいる。

私は夏井さんの当意即妙な直しなどに、いつも感心している。が、「売り言葉に買い言葉」で、参加者に阿《おもね》って、わざとそういう言葉を遣うなら、それは間違いだと思う。

日本語を扱う番組では、自らの普段の言葉遣いで、自然な形で手本を示してほしい。言葉の美しさを壊す汚い言葉を遣うと、その人の品格までも落ちてしまう。「敬語が正しく話せる若者に出会うと、嬉しくなるわよね」と、三人で言い合った。

立川に着く前、バッグを下ろそうとして立ち、よろけて隣の父親の肩に手をついてしまった。彼は直ぐ立ってバッグを下ろしてくれ、日本語で「良い話でした。気をつけて帰ってください」と言ったので、びっくりした。

日本語は分からないと思っていたのに、聞かれていたのだ。恐縮し、「ありがとうございました」と言い、頭を下げた。

（二〇一九年一月）

【課題】隣の外国人

感想

中央線の車内で、筆者らが出会った外国人の親子。エッセイの最初にちらりと出てきて、その後はすっかり忘れ去られていた「隣の席の外国人」が、ラストで一気にその場をさらう、小気味よい構成の作品です。

日本には今、二百六十三万人（二〇一八年六月現在）の在留外国人がいます。そして、そのうち五十五万人は東京に住んでいます。八王子市の人口に迫る数です。ですから、本作に描かれたようなエピソードは絵空事ではなく、誰にとってもリアリティーのあることなのです。

句会帰り、東京駅、午後の中央特快という舞台装置。そして筆者と外国人親子の席の並び方が、序盤で要領よく説明されていきます。かつて演劇部で台本を書いていた筆者らしい、簡潔で的確なト書きです。

筆者らの話題は、人気番組『プレバト!!』の、夏井いつきさんの俳句コーナーへと向きます。一つの番組が、若者に俳句を広げた功績。一方で出演者が乱暴な言葉遣いをすることで、全体の品位が下がってしまうという問題。このくだりは、番組を上手に紹介しつつ、筆者が日頃感じている日本語への批判が、無理のない形で展開されており、読者もうなずける内容です。

しかし、すっかり自分たちの世界に入っていた筆者たち三人の会話に、隣の席の父親は聞き耳を立てていたのでした。筆者のバッグを下ろしてくれた父親に「良い話でした」と日本語で話しかけられた筆者は驚き、恐縮します。同時に、父親の使う日本語が、折り目正しい丁寧なものであったことも伝わってきます。わずか八百字に凝縮された、一幕物の快作です。

手作りのノート

終戦直後の子供の頃は、紙が貴重品だった。祖父母は「紙は神様」と言って、広げた新聞紙の端を踏んでも叱られた。書くことが好きでもノートは買ってもらえない。ざらざらの粗末な藁半紙を三回折って、母に糸で綴じてもらった。それに幼稚な「おはなし」を書き、読んでくれる友達から催促されたこともあって、書き続けた。この手作りノートは小学三年の時、東京から疎開してきた佐藤隆介君がやっていたのを真似たものだ。

高田は雪が深く、空は四カ月近くも鈍色だ。そんな風土の影響か、そこに住む人達の気質は明るいとはいえない。東京育ちの佐藤君の、明るく軽快な口調やしぐさは、眩しく感じられ、クラスの人気者だった。彼の書くものは絵入りのチャンバラものと思っていた。ある時覗くと、お墓の前にお供え物があり、坊主頭の子供達が集まっている挿絵入りだ。ミステリーや推理のあるストーリーらしい。高田は城下町で、「寺町」があるので、そういう話が作りやすかったのかもしれない。師範学校の付属なので、入れ替わり来る教育実習生たちからの影響も多分にあったと思う。

佐藤君は終戦後も父親の実家に残り、中学卒業まで同じクラスだった。ストレートで東大に入り、博報堂からコピーライターになった。出版社を興し、更には池波正太郎の男気に惚れ、押しかけ書生になったと仄聞する。今は食の文筆家、篆刻家である。

数年前の同期会では「全身癌」と苦笑し、少年時代の明るさが失せていた。私が昔のノートのことを話すと「そんな日もあったなあ」と遠い目をした。その後、出たばかりの新潮文庫の『素顔の池波正太郎』が送られてきた。

癌見舞いを兼ね、知人たちにも読んでもらいたいとサイン入りで四十冊求めた。すると「短冊を書いた時に使って」と、大小二つの篆刻印を、嫁の伸子の分も一緒に送ってくれた。これを使えるような句を詠みたいものである。

【課題】ノート

（二〇一九年二月）

感想

人ものです。コピーライターから池波正太郎の押しかけ書生になり、現在は何冊もの本を出している佐藤隆介さん。その佐藤さんは、何と筆者の小中学校の同級生だったというのです。興味深い作品になるのも当然です。

越後の高田に生まれ、藁半紙のノートに創作の「おはなし」を書いていた筆者は、東京から疎開してきた佐藤君に、自分と同じ匂いを嗅ぎ取ります。クラスの人気者だった彼は、やはりノートに絵入りの物語を書きつけていました。「城下町で、『寺町』があるので、そういう話が作りやすかったのかもしれない」「教育実習生たちからの影響も多分にあったと思う」といった彼に対する考察には、「同類」ならではの鋭さが感じられます。

長じて文筆を業とし、篆刻家の顔も持つ佐藤君は、今や八十路を越え、癌に冒されていると言います。こうした情報を気軽に語ってもらえるのも、同級生のありがたみです。筆者が新刊の本を四十冊求めたら、大小の篆刻印をプレゼントしてくれた佐藤君。彼が精魂込めて刻んだ品を、堂々と使えるような句を詠みたいものだという結句が、よく効いています。

冬の太陽

私の生まれ育った新潟県高田は、今と違って降雪の多い土地として、教科書にも紹介されたほどだった。雪が家を覆う。一階は終日電気の点けっ放し。二階から出入りし、更に二段ほど雪の階段を作って道へ出る。子供たちが登校するので、近所の大人たちは朝御飯前に雪を踏み固める「雪踏み」をする。

一面の新雪に覆われた朝の景色は、言い表し様がないほど美しい。しかし雪は止んでもなかなか太陽は顔を出さず、空は鈍色だ。

この鈍色の空は、十一月の時雨の頃から二月一杯は続く。一年のうち三分の一である。

洗濯物は乾き切らず、囲炉裏端で乾かす。

農家は、サラリーマンと違って決まった収入がない。冬は工夫して働かなければならない。男の人は雪下ろしを頼まれる。良い収入だが、体力が要る。女の人は藁仕事で収入を得る。俵編み、藁沓《わらぐつ》作り、筵《むしろ》編み、縄綯《な》い、藁草履《わらぞうり》作りなど、「庭」と称する広い土間に、藁筵を敷いて作業する。土間は冷え冷えとしていて、長く座っていると体の芯まで凍える。

投稿魔だった私は、中学二年の冬休みに少女雑誌の編集部から、「少女時代をいかに過ごすか」という座談会に招かれて上京した。

その時、初めて東京の冬を体感した。青空が気持ち良い。空気が乾燥していて、太陽がこんなに暖かいとは！　将来、東京に出て来よう。父や母にこういう冬を過ごさせたい。

雪の無い時は朝早くから畑に出て、日照りの中で汗を流し、星が出る頃まで働いている父と母。働き詰めで一生終わらせてはかわいそうだ。絶対楽をさせてあげる、と誓った。

結婚した時、両親に私の考えを話した。全く応じない。が、七十代で母は胃癌を患った。東京の病院で手術してから、田畑は兄夫婦に任せて、私達の所に来て暖かい冬を過ごした。

十年後に父を、その十三年後に母を看送った。

夫と息子達の優しさに今も感謝をしている。


（二〇一九年二月）

【課題】雪

感想

今回は、雪国育ちの方々と、そうでない方々とで、作風にはっきり違いが出ました。一年の半分を雪と暮らす地方と、たまの降雪がニュースになる地方とでは、雪に対する認識が異なって当然です。

本稿は、豪雪地帯として有名な新潟県高田で生まれ育った筆者が、雪と人との関わりを正面から描いたものです。東京生まれの小生にとっては初めて知る話も多く、読みごたえのある力作だと思います。

真冬は二階から出入りすること、一階は終日電気が点けっ放しになること、大人達が通学路の「雪踏み」をすること。「鈍色の空は、十一月の時雨の頃から二月一杯は続く」といった基本的な情報も、よそ者には新鮮です。

中盤を占める、冬場の女性たちの手内職の描写が圧巻です。俵編み、藁沓作り、筵編み。「土間は冷え冷えとしていて、長く座っていると体の芯まで凍える」というくだりは、女性の地位が低かった時代の長さを物語っています。

こうした描写があるからこそ、中二の時に初めて東京の冬を体感した筆者が「父や母にこういう冬を過ごさせたい」と誓うくだりに、有無を言わさぬ説得力が生まれるのです。ご両親が後年、筆者のもとにやってくる場面は感動的です。喜びも悲しみも雪の中にあったお二人が、温暖な東京で穏やかな老後をおくられたのであれば、これは祝福すべきことでしょう。

拝啓、新皇后・雅子さま

令和まで、あと七日となりました。両陛下がお揃いで、健やかにご譲位され、少しゆっくり過ごされるかと、嬉しく思っております。

新皇后・雅子さまのご誕生を私たちは待ち遠しく思うのですが、お祖父さまが足跡を残された高田では、殊の外かと想像されます。

そのご縁のことを、書かせていただきます。

雅子さまのお祖父さまの小和田毅夫先生は、私の故郷の高田高校に十三年間在職され、教え子に影響を与えられた名物校長でした。

歴史・哲学に造詣が深く、今私が籍を置いている高田文化協会の初代の会長でもありました。疎開を機に移り住んだ堀口大学、坪田譲治、濱谷浩氏を顧問に『文芸たかだ』を発刊した中心人物であり、高田の文化や教育に名を残されている方なのです。

お父上の恆さまの弟の隆さまは、私の通う中学の一級上でした。高田は、高田高校、工業、農業、商業、高田高女などの県立高校の他、私立の女子、男子校もある学都で、一月に市内高校演劇発表会が行われていました。

中学生なのに『銀の燭台』で賛助出演をしたいと企画したのは隆さまと、後にシェークスピア研究でサントリー学芸賞を受けた玉泉八州男《たまいずみやすお》さんでした。学校の許可は下りましたが、先生方は忙しいので全部生徒でやる条件でした。受験を目前にしていましたので、演出、ジャンバルジャン役、隆さまのミリエル司教役以外の役者が揃わず、裏方や端役は私たち二年生の応援となりました。隆さまは背筋のぴんと伸びた方で、まさに嵌まり役でした。私はマグロアル老女で、それなりに向いていたようです。

新聞の評でも「中学生なのに、高校生に伍して劣らない出来」と、評価されました。

隆さまも玉泉さんも現役で東大へ入った方たちなので才気が余っていて、受験期でも何かやりたくてたまらなかったのでしょう。
そのようなこともあって、高田の皆さんは雅子皇后さまに、親しく心を寄せております。

（二〇一九年四月）

【課題】拝啓新天皇・皇后様（書簡体）

感想

この課題は、型破りだったかも知れません。しかし、アメリカ人はよく「大統領への手紙」を書きますし、多くの宗教で「神様への手紙」は珍奇でも不遜でもありません。「国民統合の象徴」である天皇陛下に、私たちはもっと気さくに思いを伝えるべきだと思います。
書簡体という形式は、こういう場合に大きな力を発揮します。手紙を書く時、書き手と宛先は常に一対一の関係にあります。空疎なお世辞には意味がありません。筆者の体験から発せられる個性的な言葉こそが、書簡の持ち味なのです。天皇という制度に肯定的であろうと否定的であろうと構わない。相手を人間として思いやりつつ、自然に書きしるせばよいのです。

本作は、高田出身で小和田家とは縁の深い筆者による、とっておきの思い出話です。雅子さまの祖父にあたる小和田毅夫氏が立ち上げた『文芸たかだ』に筆者も関わっていますし、何より雅子さまの叔父である隆さんとは、中学時代に一緒に演劇をやった仲だったのです。自らミリエル司教を演じ、「高校生に伍して劣らない」と評価される舞台を作りあげた隆さんの才気は大したものです。読者は「へえー」と目を丸くして読むことでしょう。

隆さんや玉泉八州男さんといったインテリ秀才が輩出した高田という町。筆者は郷土への誇りを綴りつつ、雅子新皇后への期待を熱く語っています。こんな書き方もできるのが、書簡体の懐の広さなのです。

北陸新幹線は ——

北陸新幹線は、二〇一五年三月十四日開通した。

東京には上越出身者を対象にした親睦会、「上越ネットワーク」がある。六百人程の会員がおり、私も入っている。上越市の市役所にもまちづくり担当の部署があり、互いに連携しながら活動している。

桜の時期に合わせた二泊三日の故郷訪問もその一つだ。旧高田は日本三大夜桜で知られた地である。生家を始末したり、お墓を移したりして上越と縁が薄くなった人たちには、故郷を訪れる大事な足がかりになっている。愛着ある故郷の盛衰に接する貴重な機会で、私は毎年参加している。他に上越出身の落語家の支援や、味噌作りの体験などもある。

北陸新幹線の開通の五年程前に、「工事の進捗状況に触れよう」という企画があった。私は、後期高齢者になって運転免許証を返納してから、高田を訪れる時は越後湯沢で「とき」を降りてほくほく線に乗り換えたり、長野まで「あさま」を利用したりしていた。そのため、一本で行ける新幹線に期待した。見学当日は長靴に履き替え、ひんやりした大きな洞窟に入り、工事規模の大きさにワクワクし、完成が待たれたのだった。

開通の日、ネットワークの「初乗り体験」で、雪の残る田圃の中の「上越妙高駅」に着いた。下車した私たちは、地元の人々の拍手で迎えられた。駅中《えきなか》の店もお祭り騒ぎでごった返している。が、この賑わいは何か違う。

数カ月後に降り立った時、理由がわかった。一時間に一本の発着で、駅は上越の端っこだ。北陸線・信越線の拠点の直江津に停まらず、市内へはバスかタクシーである。お花見かお盆の頃以外は数えるほどしか乗降客はおらず、駅中の店には閑古鳥さえいない。自家用車中心の地元には非日常の乗り物なのだ。

これが、大騒ぎして引いた新幹線とは。私は毎日が日曜だ。在来線で車窓を楽しもう。

【課題】新幹線

（二〇一九年五月）

感想

東海道新幹線が開業したのは一九六四年（昭和三十九年）、東京オリンピックの年でした。それから五十五年、いま新幹線は総延長二千七百キロに及び、押しも押されもせぬ日本の大動脈となっています。新幹線に一度も乗ったことがないという人は、恐らくいないでしょう。

しかし新幹線の中には、政治の思惑の中で建設され、果たして地元のプラスになったかどうか疑わしい例もあります。筆者は、故郷の上越市を通る北陸新幹線を取り上げ、現状をありのままにレポートしています。

作品前半では、上越出身者の固い絆が描かれます。在京者の親睦会「上越ネットワーク」が六百人を擁していること、桜の時期に合わせた故郷訪問の企画が続いていることなど、筆者が故郷に抱く限りない愛着が窺えます。

その筆者が、二〇一五年の北陸新幹線開業に寄せた期待と、実際に開業した後の違和感。それがエッセイ後半に、余すところなく描かれています。開業当日、お祭り騒ぎで迎えられた上越妙高の駅でしたが、数カ月後に再び降り立った時には「一時間に一本の発着」「駅は上越の端っこ」「お花見かお盆の頃以外は数えるほどしか乗降客はおらず」「駅中の店には閑古鳥さえいない」——という現実を見せつけられたのです。

「これが、大騒ぎして引いた新幹線とは」。故郷との絆を大切にする筆者ゆえの苦言は、読む者の胸に突き刺さります。書き出しから最後まで、筆者がその目で見た事実で構成されたエッセイだからこその説得力です。

青《あお》葉《ば》騒《ざい》

地球が温暖化してきて、四季の移り変わりが曖昧だ。五月でも猛暑日が続く。ゆえに、課題の「初夏」には困った。いつ頃からいつ頃までという枠が無く、個人の気分に任されるからだ。

私の通った中学校は、高田城の本丸跡にあった。四千本の吉野桜が、内濠・外濠を囲むように植えられており、日本三大夜桜として知られている。花が散った後の葉桜の緑は素晴らしい。風による葉擦れのざわめきは、今も耳朶に残っている。

高田は戦時中に師団があり、軍都でもあった。新制中学は戦後間もなく発足したが校舎が無く、城跡の兵舎が仮校舎だった。周囲に桜の木があり、クローバーが生えていた。放課後、友人たちとクローバーの上に寝ころんで将来の夢を語り合ったものである。身辺には風が無いのに、頭上ではいつも葉桜がざわざわと揺れ、木漏れ日をこぼしていた。

令和元年五月二十五日。市ヶ谷の私学会館で、年に一度の上越ネットワークの総会と懇親会があり、私も出かけた。この会は上越出身で関東近辺に住む、大体が現役をリタイアした人達六百人程で構成されている。

私学会館は市ヶ谷駅から近い。いつも線路沿いの道を通り、車寄せの裏口から入る。わずかな距離だが葉桜の下を歩く。ざわざわと葉擦れがし、風が気持ちいい。記憶のざわめきと重なり、思わず「初夏だなあ」と呟く。

出席者は会員の一割程だ。懇親会には幼馴染みの顔もあり、年相応に華やいでいる。上越の銘酒を手に談笑する輪の中に「小和田亮」の名札をつけた紳士の姿があった。中学生の頃、演劇を一緒にした隆さんの、下の下の弟さんで、雅子皇后の叔父様だ。「隆さんは」と言うと、「昔は痩せていたのに、太ってしまってね。会う度に、痩せろって言うんですがね」。

え、あのミリエル司教が！　笑いを堪えていると、耳の奥がざわざわしてきた。

(二〇一九年五月)

【課題】初夏

感想

「初夏」のような季節ものの課題は書きやすい反面、類型に陥りやすいものです。情感や季節感に頼り切ってしまい、主題やエピソードを書かずに終わってしまうことがあるからです。それでは「季語」だけの俳句のようなもので、当然、作品としては物足りないのです。

本作は初夏の季節感を追求しながらも、「葉擦れ」「青葉騒」という主題を設定することで、みごとに類型を破っています。学生時代、クローバーの上に寝ころんで見上げると、「いつも葉桜がざわざわと揺れ、木漏れ日をこぼしていた」。聴覚と視覚に、同時に鮮烈な印象を与える一節です。

「ざわざわ」という、何かを予感させる葉擦れの音は、青春を象徴しています。筆者が心を動かされたり、ときめきを感じる度に、この音が耳の奥に甦るのでしょう。この葉擦れの音が聞こえている限り、筆者の青春は終わらない。本作は、そう高らかに告げているようです。

五月二十五日、初夏の市ヶ谷・私学会館へ急ぐ筆者が聞いた葉擦れの音は、まさにそうした性格のものでした。故郷を盛り立てる上越ネットワークの活動は、今なお筆者を学生時代に引き戻してくれるのでしょう。

また本作は、前々作で描かれた小和田隆さんのエピソードの後日談でもあります。あのミリエル司教を演じた才人が、今は太ったお爺さんになっていると聞いて、笑いを堪えつつも甘酸っぱい思い出にひたる筆者。その筆者の耳に、あの「ざわざわ」が聞こえてくる結末は、忘れがたい余韻を残します。

一年経って

一美さん。梅雨が明け、暑くなりました。いつもお手紙有難うございます。去年の夏はステージ４の宣告を受け入院され、私は「三カ月経ったら」絶対生還できると信じ、エッセイを書きました。あれから一年経ちました。

一美さんは明るく振る舞われていたけれど、短歌会の歌に、ちらり本心も見えました。

＊癌告知ついにきたかと慄くも酷使した身をしみじみ洗う

けれど、楽天家なのでしょうか、

＊さあ入院すべてを忘れ今日からはイケメン主治医の瞳信じて

相変わらずのイケメン好みには、苦笑しつつも救われる気分でしたよ。

＊抗がん剤放射線治療も順調すぎて果たしてホントに治るかを危惧

＊放射線怖いでしょうと見舞客いいえ宇宙遊泳を楽しんでくるの

その歌はやせ我慢かと心配していたけれど、退院するや、早速高田文化協会の事務局で、来客の方たちに笑顔で応対していると聞きました。「術後こそ大事」と、私は言い続けているのに、「不思議に元気なの。この間の検診でもガンちゃん、小さくなっているって言われたわ」と言っていましたね。

それでも案じていた時、「原稿用紙八十枚に瞽女《ごぜ》の事を書いて、小川未明文学賞の優秀賞に入ったよ。嬉しい」と電話。「いつ書いたの」と聞くと「病院のベッドで。退屈だったから、構想を練っていた」。私が三年前、二十日ほど入院した時は、本を読む気にならなかったし、俳句は一句も作れなかったのに。やっぱり一美さんは前向きで強いのね。

「今思えばこの病気、神様が私にくださった時間だったと思うのよ」。そうか。いつも「書きたい、書きたい。でも事務局は忙しくて時間が無いのよね」と言っていたものね。では神様に感謝して、治癒第一に、今度は例の文学賞に挑戦してね。応援しているよ。

（二〇一九年七月）

【課題】私の暑中見舞（書簡体で）

感想

一年前の「私の暑中見舞『三カ月経ったら！』」に登場した一美さん。あの時はステージ4の癌を宣告され、筆者も「三カ月経ったら！」と祈るような思いをタイトルにしていました。その願いが通じたのか、一美さんは病魔に負けることなく、前を向いて歩んでいます。読んでいて、力が湧いてくる「人もの」です。

何と言っても、前半に四首引用されている一美さんの短歌がいいですね。入院すれば「イケメン主治医」に着目し、放射線治療を「宇宙遊泳を楽しんでくる」と形容する。これらの歌や、「ガンちゃん、小さくなっている」という台詞を読めば、一美さんの強靭でユーモラスな人柄が分かります。

退院するや仕事に復帰し、筆者を驚かせた一美さんは、何と八十枚の作品を書き上げ、小川未明文学賞の優秀賞を獲得しました。未明賞のホームページにも、河村一美「昔、瞽女《ごぜ》さんが雁木の町を歩いていたんだよ」とはっきり書かれていますね。「病院のベッドで。退屈だったから、構想を練っていた」とは、何という精神力でしょう。筆者と共に、読者も唖然とするばかりです。

病気を「神様がくださった時間」と言い切る一美さんは、さらに上の文学賞をめざしているようです。「人生百年時代」とか「生涯現役」といった薄っぺらなスローガンを笑い飛ばすかのような、見事な生き方です。このような人物の存在を皆さんに教えて下さったことに、深く感謝します。

私、認知症？

俳句をしていると、友達が増える。

年賀葉書が足りなくなった。近くの三軒のコンビニには、絵入りの印刷した物しかない。無地の物は売り切れという。二日、立川のビックカメラへ行く用があり、郵便局に寄った。切手や葉書を扱う場所は二階だが、エレベーターは止まり、立入禁止のテープが張られている。仕方がないなあと脇の人通りの無い廊下を抜けて歩いていくと、右手に大きな窓口があり、二人の人が葉書を買っていた。

お金を払った人のすぐ後ろに立って、「無地を二十枚下さい」と言う。隣に来た中年の男性が、私に何か言って、やはり葉書を買った。よく聞き取れなかったので、「どこのコンビニにもなかったんですよ。ここで買えて助かりました」と言って、つり銭を受け取った。廊下を抜けた時、ハッと立ち止まった。このトンネルのような廊下の左側の壁に沿って、整列した長い行列があった。私は割り込みをしたのだ。

売場の窓口は右側にある。右側に整列していれば、一目で葉書を買う人の列と分かる。私は、コンサートのチケットの売り出し日かなと思っていた。なぜ左側に並んでいるのだろう。ともかく、その時それが葉書を買う人の列だったことに気づいたのだ。

私は思わず振り返り、列の人たちに向かって深く一礼した。一礼しながら「済みません。私、並び直します」と局員さんに葉書の包みを返そうかなと思った。だが忙しい局員さんは、ややこしいことを言う私を迷惑に思うだろう。並んで私を見ていた人も、あまりに堂々と、悪びれる様子が無いので、認知症の年寄りが迷い込んだと思ったのに違いない。第一、私を非難する声はどこからもしなかったではないか。頭を下げている間にそう結論づけて、くるりと踵を返した。

あっ。あの何か言っていた男性は、私のルール違反を小声で詰《なじ》っていたのか。私が認知症ではないことを見破ってくれていたのだ。

【課題】ルール

（二〇一九年九月）

感想

折り目の正しい文体でつづられた、上質のユーモア・エッセイです。構成もよく出来ており、読み返すほどに味わいが深くなります。

舞台は今年の正月。年賀葉書が足りなくなった筆者は、一月二日に郵便局へ出掛けます。いつもの窓口と違う場所に葉書売場ができていて（これが第一の伏線です）、筆者はそこへ行って目当ての葉書を買います。すると中年男性が寄ってきて何か言いますが（これが第二の伏線）、よく聞き取れなかった筆者は「ここで買えて助かりました」ととんちんかんな返事をします。

ところが帰ろうとした筆者は、廊下にできた長い行列を見て、初めて自分が割り込みをしたことに気が付くのです。こういう失敗は誰にでもありますが、その時の自分の心理を細かく観察して、ユーモラスに文章化するというのは、失敗を積み重ねて図太くなった「大人」だからこそできることです。

筆者は思わず振り返り、行列の人々に「深く一礼」しますが、その瞬間にも頭をフル回転させます。葉書の包みを返して列に並び直そうか、それはかえって迷惑だろう。大体なぜ廊下の左側に行列をつくるのだ、わかりにくいではないか。そしてあまりに堂々と割り込んだので、自分は「認知症の年寄り」と思われたのではないか。それならそう思わせておくか。

そう結論づけた筆者は「踵を返し」てその場を立ち去ることに決めます。その刹那、あの中年男性のことを思い出すのです。あっ、彼は割り込みを注意していたのか。筆者は、心の中で赤面します。しかし次の瞬間、彼が「私が認知症ではないことを見破ってくれていた」ことに、微かな嬉しさを抱くのでした。若者にはなかなか実感しにくいであろう最後のこの機微を、読者に伝え得たことが、本作の最大の手柄と言えるでしょう。

地球温暖化の不安

十年後には、たぶん私はこの世に存在していないだろう。それでも日本の国、否人類のこれからの事を思うと心配だ。地球の温暖化が世界中の問題になっているからである。

スペイン・マドリードでの国連気候変動枠組条約締約国会議で小泉環境相が演説した日本は、温暖化対策に後ろ向きだとして、二回目の「化石賞」を贈られた。「厳しい批判もあると思うが、誠実に丁寧に説明してくる」と述べて出かけた小泉氏だが、我々が聞き飽きたそのフレーズは、周囲から認められなかった。不名誉この上無い賞である。

スウェーデンのグレタ・トゥンベリさんは、「一番危険なのは行動しないことではなく、政治家や企業家が行動していると見せかけること」と演説している。

これは世界の問題だ。

日本の温暖化は、日照り続きで田畑がひび割れ、農作物に多大な損害をもたらした。買う方も高値で手が出ない。日本だけではなく、世界中の土地が痩せ、水も涸れ、輸出する余裕を失い、人類は飢餓に陥るのではないか。

また、以前は日本での台風の進路は予想されていたが、今年は長野や宮城など想定外の地に及び、道路が濁流で渦巻き、建物を破壊して跡形も無く、根こそぎ奪った。大気の異常による豪雨の被害は海外からも報じられており、学者は今年だけでなく、今後もこうした変動が予想されると言っている。

日本は温暖化で、四季が曖昧になった。俳句を例に挙げると、雨を表現する季語は、御降《おさがり》、秋時雨、氷雨、霧雨、卯の花腐《くた》しなど、数えると三十以上ある。だがこのままでは、その微妙な使い分けができなくなり、「雨」と一括りにされるおそれがある。美しい日本語の数々も、死語となるのではないか。十年後と言わず、懸念される変化だ。

少女グレタの訴えを真剣に受け止めて、みんなで知恵を出し合って地球温暖化に対処していかなければ、この地球は滅びてしまう。

（二〇一九年十一月）

【課題】十年後の日本・世界

感想

この課題をお出ししたのは、二〇二〇年代が歴史の曲がり角ともいうべき「変容の十年」になると予想したからです。ＡＩの進化、高齢化、地球温暖化。二〇三〇年にふり返ってみれば、いま我々が知っている社会は、映画『ＡＬＷＡＹＳ　三丁目の夕日』のような懐古趣味の対象に過ぎなくなっているかも知れないのです。

その中で本作は、地球温暖化に焦点を絞って論じています。国連気候変動枠組条約締約国会議（ＣＯＰ25）で、グレタ・トゥンベリさんの演説が世界の注目を集めたのに対して、日本は「化石賞」をもらうという落差を見せつけました。実際、日本に大被害をもたらした台風や豪雨は、気候変動と密接に関係していることは明らかです。読者の記憶にも新しい災害の事例を挙げることで、とかく抽象的に流れがちな「地球温暖化」に関する論議が、地に足のついたものになりました。

筆者はさらに、俳句の季語が危機に瀕していると述べて、温暖化の現状を嘆いています。俳人らしいユニークな視点であり、説得力も十分です。御降、秋時雨、氷雨、霧雨、卯の花腐しといった情趣あふれる季語が実感を失い、単に「雨」と一括りにせざるをえないような国にはしたくないものです。

渾《あだ》名《な》

数年前の昭島市の市長選挙の日のことであった。自転車で投票所の門を出た時、すれ違った男性が「あ、さっチー」と言った。私は反射的にブレーキをかけ、振り返った。「え？——エーミール？」

私は自転車から降り、互いに何年振りかなあ、と数える顔で見つめ合った。「井上君なのに、ついエーミールって言っちゃったよ」と、差し出された手を握って言った。「はい。中学の友達は、今でも皆そう呼ぶんです。三十年も前の、中学での一番の思い出は、あの劇に出たことです」と、彼は懐かしそうに言った。

新しい国語の教科書に、ヘルマン・ヘッセの『少年の日の思い出』という短編があった。初めての教材だ。十歳位の「僕」は、蝶の収集に夢中だった。裕福な家の、勉強もでき、模範少年と言われるエーミールが珍しい蝶を孵したという噂を聞き、見せてもらいに行くが留守だった。日ごろ仲良く訪ねていたので部屋へ入った。目指す蝶は未だ展翅板《てんしばん》に留められている。「僕」は出来心でそれを盗もうとして羽を傷めてしまい、逃げ帰る。

母に打ち明けると、謝りに行くようにと言う。重い気持ちでエーミールを訪ね、謝ったが、エーミールは怒ったり怒鳴ったりせず、「そうか、そうか。つまり君はそんな奴だったんだな」と冷たく言い放つ。「僕」は、その辛い出来事で「一度犯した罪は、もう取り返しがつかないことなのだ」と悟る。

胸がつまる話だ。私は「その夜、僕は夢を見た」と、続きを生徒に創作させた。エーミールは「僕」を許し、一緒に蝶を捕まえに行くという結末が多く、生徒の願望が出ていた。

劇にもして、文化祭で上演した。人望のある井上君は、自分とは正反対に冷たいエーミールを上手に演じ、渾名となった。

因みに私の「さっチー」は、ヤクルトの野村監督の奥様に似ているから、だそうである。

（二〇二〇年二月）

【課題】おすすめの短編小説

感想

ヘッセの『少年の日の思い出』は、私も国語の教科書で読んだ覚えがあります。短い作品ですが、エーミールの「そうか、そうか。つまり君はそんな奴だったんだな」という言葉の嫌らしさは、今も印象に残っています。

本作は、筆者が教師時代、この小説を教材に取り上げた思い出を描いたものです。冒頭、すれ違った井上君から「あ、さっチー」と声をかけられ、筆者が「え？――エーミール？」と叫ぶシーンが非常に映像的です。すぐに続けて「井上君」という彼の名前や、筆者が教えたのが三十年前であること、劇に出たことが渾名の由来であることなど、必要なデータを台詞の中に要領よく出していくテクニックには、手慣れたものを感じます。

『少年の日の思い出』のストーリー紹介の後に、「私は『その夜、僕は夢を見た』

と、続きを生徒に創作させた」というくだりが続きます。これは筆者のアイデアでしょうか。「エーミールは『僕』を許し、一緒に蝶を捕まえに行く」という結末が多かったという点に、救いを感じます。この小説が、中学生のそうした創作意欲を刺激する、よい教材であったことが分かります。

さらに、筆者は小説を劇化します。さすがは高校時代、演劇部で脚本を担当していた佐藤さんですね。人望のある井上君が演じたエーミールは、生徒たちの心に強い印象を残したのでしょう。エーミールが彼の渾名となり、三十年後の今でも級友たちにそう呼ばれるというのは、佐藤先生のアイデアとキャスティングが絶妙だったということでしょう。

ラストの「さっチー」の説明は、一見蛇足のようですが、欠かせないくだりであり、微笑を誘うオチになっています。

——見えない翼　あるかぎり

1　伝説の『水のいのち』

日本の代表的合唱組曲『水のいのち』（高野喜久雄作詞、高田三郎作曲）を初めて聴いたのは、二〇〇〇年五月二十一日。東京文化会館大ホールで、高田の米寿を祝い、門下生が指揮する六つの合唱団が合同で開いた「ひたすらないのちコンサート」の時であった。

プログラムの最後に、六百人近い団員がステージに勢ぞろいし、伝説の『水のいのち』を大合唱した。水の輪廻を魂と重ねて、人間の弱い心を励まし、高くありたいという願いを、五曲三十分の演奏で歌い上げたのだった。

タクトが止まった。しばらくの静寂。それから万雷の拍手と、スタンディング・オベーション。全身粟立ち、涙が出た。初めての体験であった。この感動する歌詞が、半世紀も前に、あの高田で書かれていたとは！

佐渡出身の高野は二十代の前半、高田農業高校で数学と土木の教鞭を執っていた。

中学二年の私は、その学校に通う、三つ年上の従兄と立ち話をしていた。そこへ背が高く、瘦身で色白の青年が歩いてきた。従兄は緊張した面持ちで「こんにちは」と言った。青年が頷きながらすれ違う時、チラッと私を見て目が合った。ドキッとした。「おっかない先生。でも詩人で有名なんだって」それを聞くや、私の耳はピンと立った。

その頃の私は、地元の新聞に詩などを投稿していた。田舎者なので、「詩人」というだけで、忽ち憧れと関心を抱いたのである。

「あの先生に詩を教えてもらいたいなあ」と、従兄の顔を見ながら言った。「え、俺に頼めっていうのか？　絶対嫌だからな。この前、宿題を提出したら、こんな橋の設計じゃあ、犬が渡っても落ちる、って馬鹿にされたんだから」と言って逃げられてしまった。

高校へ入って間もなく、数学の先生に「農業高校の高野先生を知っていますか」と、思い切って訊いてみた。

（二〇一八年九月）

【課題】伝説の『水のいのち』

感想

佐藤さん、今回は長編の「人もの」に挑戦してくださいました。主人公は合唱組曲『水のいのち』の歌詞を書いた現代詩人・高野喜久雄です。高野は一九四八年から十四年間、高田農高で教鞭をとり、『水のいのち』始め多くの作品はこの時代に書かれました。

高田の文学少女だった筆者は、その高野と接点があったというのです。しかも、

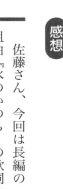

詩作で彼の指導を受けたいと、積極的に動くところで「次回につづく」となっています。ノンフィクションとして、興味津々の展開です。

冒頭部、字数をたっぷり使って描かれるコンサートの模様。高野が作った『水のいのち』が、どれだけ感動的な詞であるかが、筆者の震える心を通して伝わってきます。「この感動する歌詞が、半世紀も前に、あの高田で書かれていた」という叫びにも似た一節と、次の「一行空き」が、絶妙の効果を発揮して、舞台は筆者の中学時代に移ります。

高野との邂逅のシーン。「背が高く、痩身で色白の青年」「目が合った。ドキッとした」という描写が、今後のドラマを予感させます。高野に興味を抱いた筆者は、農高に通う従兄に「詩を教えてもらいたいなあ」と橋渡しを持ちかけますが、あっさり断られます。「こんな橋の設計じゃあ、犬が渡っても落ちる」と言われたという従兄の台詞が、明るい笑いを誘います。

さあ、次回はどうなるのでしょう。待ち遠しい思いがします。

２　ポプラ

「ああ、渡部。昨日、市の数学部会で高野先生に会ったら、お前のことを知っていて、訊かれた。『高田新聞』の詩を読んでいたらしい。本を預かってきている。放課後取りに来い」

頭の毛が薄くなった谷先生は、足を止めてそう言うと、大きな三角定規を腕に通したまま、教員室の引き戸を開けて入っていった。

従兄と話をしていた時に見かけた人が、私のことを知っていたとは――。新聞に採用されると、学校名も載る。あの時中学校の制服を着ていたので、見当がついたのだろうか。後で従兄に確かめたのだろうか。

放課後渡された本は、出版されたばかりの、創元文庫『日本詩人全集』第十一巻「戦後百人集」だった。ぎっしり詩で埋まっている。

廊下へ出て開いてみると、高野の詩が載っている頁に紙が挟まれていた。「第四日曜日に詩の勉強会をやっています。関心があったら、覗きに来なさい」と、場所と時間が書かれていた。

万年筆の青い字は丸っこく、小さい。新聞に載った詩の批評が書いてあるものと、ドキドキしながら開いたが、他に何も書かれていない。しかし、メモにしても今まで大人からこういうものを渡されたことはない。まして、「憧れの詩人」からのものだ。震える指で、そのメモをまた本に戻した。

雲の中に居るようなふあふあした心持ちで、友達を待たせている下駄箱へ走った。廊下の窓から、校門のポプラが見え、青々とした葉っぱが風に翻っている。一瞬、ポプラは高い樹だなと思った。「こら、走るな!」背後で、体育の先生が怒鳴った。

家に着いて自分の部屋に入るなり、メモのあるページを開いた。

昭和二年佐渡生。数学を学ぶ。VOUクラブ員とある。百人の顔写真に高野も載っていて、有名な詩人であることを物語っていた。

私は高野の詩を読むのははじめてだ。座り直して、掲載されている三篇の詩を読んだ。

（二〇一八年十月）

【課題】自由

―見えない翼　あるかぎり　2　ポプラ

感想

高野喜久雄を描く大河エッセイの第二回です。初回の「引き」が巧みだったので、今回はいよいよ高野と筆者が顔を合わせ、文学論を交わすのかと思って読み始めたのですが、空振りでした（笑）。お楽しみは先送りです。

筆者は数学の先生から、高野が自分の詩を読んでいたことを知らされ、すっかり舞い上がります。「本を預かってきている。放課後取りに来い」と言った先生が「大きな三角定規を腕に通したまま、教員室の引き戸を開けて入っていった」というリアルな描写は、その時の筆者の高揚感をよく表しています。

渡された詩集に挟まれたメモ。「万年筆の青い字は丸っこく、小さい」「震える指で、そのメモをまた本に戻した」とあるだけで、筆者が一も二もなく、高野の勉強会に参加する決心をしたことが伝わってきます。このあたりの描写は、半世紀前の出来事とは思えないほど臨場感にあふれ、映像的です。

　後半の読ませどころは、友人の待つ下駄箱へ走って行く筆者のときめきです。「廊下の窓から、校門のポプラが見え」「一瞬、ポプラは高い樹だなと思った」。詩人とは何の関係もない、窓外の見慣れた景色が、この上もなく新鮮に見える。筆者の感覚が極限まで鋭敏になっていた証拠です。「ふあふあした心持ち」の筆者には、「こら、走るな!」という体育教師の怒鳴り声も耳に入らなかったことでしょう。

　息せき切って帰宅した筆者が詩集を開くシーンで、第二回は終わっています。「座り直して、掲載されている三篇の詩を読んだ」。今回の「引き」も絶妙ですね。この続きはいつごろ読めるのか、楽しみで仕方ありません。

3　詩は難しい

風

コオヒイも　骨も
僕も去った
砂を噛みながら。
クートオの絵の前で
錆びたナイフをもてあます
文明
のために頭をふるといきなり
壜よりも黒い僕にぶつかる。
僕はどこにもいなかったから。

高野喜久雄のこの詩には、私にとって意味不明な言葉がまだまだ続く。これが詩？　この詩は何を言おうとしているのか。渡された詩集の他の二編、「釦のメランコリイ」「皿」も理解できない。他の詩人の作品を捲っても、やはり同じように難解だった。

私は高村光太郎の「道程」や藤村の「初恋」を愛誦し、『高田新聞』には「蜘蛛が銀の糸を織っているのに　今　私の心に銀の糸が乱れる」などというような詩を書いていたのだ。

詩集の編集者の村野四郎は、この「戦後編」が全集の最終巻であることもあって、長々とこの頃の詩と本についての解説を書いている。

非力な私の要約だが、「戦時中、権力のない詩人は、ファシズムの圧力の下に動員され、非個性的な国民詩は、人々を鼓舞するために書かされた。彼等詩人の純粋な目は、人を殺したり殺されたりする不条理の悲惨を見てきた。戦争は終結したが、彼等の詩の主題の底には、この悲惨さがあった。現代詩の正統はこのために中断し、この巻は、今までの巻とははっきり区別する特徴がある」と。

戦争を潜ってきた詩人の書く詩は、こんなに難しいものなのか。

母が台所から支那そば《ラーメン》が出来たと呼んでいる。

小学校低学年のときに終戦になり、食糧にも不自由が無かった私だった。単に「詩人」に近付けると、浮ついていた私の気持ちは萎え、自分の不遜さを恥じながら詩集を閉じた。

（二〇一八年十月）

【課題】ラーメン

感想

高野喜久雄と筆者の邂逅物語、その第三回です。

数学の谷先生を通して高野から渡された詩集を開いた筆者は、彼の作品が難解なのに唖然とします。引用された「風」を読めば、その時の筆者の戸惑いが読者にも伝わることでしょう。

光太郎や藤村の、抒情たっぷりの詩に親しんだ文学少女にとって、こうした現代詩との出会いは、いきなり後ろから頭を殴られるような衝撃だったはずです。『高田新聞』に筆者が書いた詩を一部引用して、高野の詩との作風が対比できるようにしているのは読者に親切な、よいアイデアです。

さて、本作の眼目は、現代詩が戦争という大事件によって、どのように流れをねじ曲げられたかという文学史的な問題です。要約して示された村野四郎の解説は分かりやすく、「戦争を潜ってきた詩人の書く詩は、こんなに難しいものなのか」という筆者の感想は、ストンと読者の胸にも落ちてきます。

本作は長い物語の中間部を切りとったものですから、一編の完成度を云々するのは筋違いというものでしょう。むしろ、ここでどうしても挿入しておかねばならない「現代詩というものの位置づけ」が、極力平易な言葉で語られている点を評価したいと思います。「浮ついていた私の気持ちは萎え、自分の不遜さを恥じながら詩集を閉じた」という結末も、次回を期待させる効果十分です。

4　台詞を考えるって面白い

二晩考えて、私は農業高校宛に高野への手紙を書いた。詩集のお礼と、とても難しくて当惑したこと、高校生活に慣れてから、詩の会を見学させていただくつもりです、と。

「高校生活を大事にして、詩が書けたら、ぼくのところへ送るといい」と葉書が来た。住所は高田城址の西側で、私の家から遠い。

折角の誘いに応じなかったことを悔いてはいたが、高野は私を買いかぶっている様子なので、会って失望されたくない思いがあった。

高田高等女学校は新制高校で男女共学になった。北城《きたしろ》高校と校名は変わり、制服も丸襟のスーツになったが、男子の入学は無く女子の大半はまだ姉のおさがりのセーラー服のままで、襟に結ぶリボンは赤が一年生、緑が二年生、三年は紫色だった。

ある日、中学の時に同じ文芸部だった緑の先輩が、下駄箱の所で私を呼び止めた。数人いて、中には紫も混じっている。その一人が、「あんた渡部さん？　部活決めた？」と、私を品定めするような目で見ながら訊いた。緑が慌てて、「私たち演劇部なんだよ」と言い、「部長の岡先輩。それから副部長の林さん」と紹介した。緑の林はちょっと笑って見せたが、岡は畳みかけるように、「あんた、詩を書くんだってね。だったら脚本も書けるよね。演劇部は文化祭で、劇をするんだよ。今年の文化祭には『リア王』をやるって決まっているけど、脚本が無いのだよね。この学校に文芸部は無いんだからさあ。あんた、演劇部へ入ろうさ」。誘うというより、真面目な強引さがあった。緑は済まなそうに私に目くばせしている。

そんな経緯で演劇部へ入ったのだった。

脚本が無ければ何も進まない。毎日下校時刻まで、岡、林と三人で図書室に集まり、どの場面に絞るかを決めて脚本を書いた。それをもとに、舞台装置や音響などの大まかな案を入れた台本が、夏休み前に出来上がった。

私は登場人物の気持ちを思いながら台詞を書いて、詩とは違う面白さに目覚めていった。

（二〇一八年十一月）

【課題】岡・丘

感想

「岡」という課題に対して、人名で対抗してきたのは、佐藤さんの他二人でした。もちろんＯＫです。課題をいかにして自分のフィールドに引っ張り込むかも、芸のうちだからです。

高野喜久雄を描く大河エッセイの第四回ですが、今回、高野はいったん後景に退き、筆者の高校生活が主に描かれます。タイトルを工夫して、内容に沿ったものにしてくださいました（が、大河エッセイである以上、「見えない翼　あるかぎり」はサブタイトルとして維持しましょう）。

高田高女改め北城高校の一年生になった筆者は、いきなり演劇部に誘われます。強引に勧誘に来た上級生の描写が秀逸です。

学年を表すリボンの色を使い、「緑の先輩が」「紫も混じっている」といった書き方で、筆者のうろたえぶりを表すテクニック。続けて部長の岡、副部長の林の名前を紹介していく手際のよさ。その岡の「あんた、詩を書くんだってね……」という台詞は、いかにも新潟の女子高の演劇部長らしい口調を保ちつつ、しかも読者に伝えるべきデータをきちんと盛り込んでいます。

小生はいつも、佐藤さんの作品は「台詞の扱い」が抜群に上手いと感じていましたが、その秘密は高校時代の演劇部体験にあったのですね。「毎日下校時刻まで」脚本を書いていた日々が、佐藤さんの言語感覚を磨いていったのでしょう。次回は「演劇部編」の続きでしょうか。楽しみです。

5　初めて声を聞いた

演劇部の岡部長は、シェークスピアにも詳しかった。二つ違いなのに学ぶ事が多い。

図書室で二人だけの時、「秘密だけど、私、演劇関係へ進もうと思う。だから日大の芸術学部。夏期講習は東京へ行きたいけど、新潟大でもあるからそれを受けて、この劇頑張る」と打ち明けられた。私は岡に信頼されていると思うと嬉しかった。「あんたは人の気持ちを書くのがうまいから、詩より小説の方が向いていると思うけどなあ」と岡は言った。

部員の意見を入れながら、配役や音響、大道具の担当が決まった。岡はリア王を演じる。夏休み中の活動は涼しい午前中だが、扇風機もない学校へ通うのは厳しい。岡は人望があり、講習より劇を優先しているので、皆は協力して劇を作りあげる喜びを感じていた。

文化祭は十月末の土、日だ。土曜は廊下や教室で各クラスの学習の成果を展示で競う。日曜は保護者や卒業生、他校の生徒も見られるように、体育館を使って部活の舞踊や演奏、合唱、そして演劇の発表がある。

『リア王』の幕が開いた。劇は、舞台に立つ者は脚光を浴びるが、陰には色々な役割がある。例えば幕の係は、下ろすタイミングがずれてしまうと、全体の成否にさえ関わる。皆それぞれ持ち場があるので、緊張している。

コーデリアの健気さと王の後悔の様子は、見る人の涙を誘って、大きな拍手の中で幕が下りた。私はプロンプターで、舞台の袖にいたので、拍手を聞きながら、そこにいた誰彼となく手を握り合った。

「渡部、頑張ったじゃないか」と、背後の声に振り返ると、谷先生が手を叩いていた。

私は、はっと息を呑んだ。

「渡部さん。脚本を書いたんだってね。台詞がなかなか良かったよ」。高野だ。細いがよく透る声だ。初めて声を聞いた。

どうしたことか、涙が滲んできた。そうだ、私は、高野に一番褒めてもらいたかったのだ。

（二〇一八年十二月）

【課題】秘密

感想

高田北城高校演劇部編の第二話です。前回の続きではありますが、今回一話だけでも一つのドラマとして十分読みごたえがあります。

筆者を強引に演劇部に勧誘した岡は、部長にふさわしい器《うつわ》の持ち主でした。自ら『リア王』の主役を演じ、作者のシェークスピアにも詳しい。人望も、部員をまとめる統率力もあったことが分かります。図書室で二人だけになった時に「私、演劇関係へ進もうと思う」と秘密を呟いたりするのも、当人が意識していたかどうかは別として、大した人心掌握術だと思います。

脚本が完成し、真夏の学校へ通い詰めての稽古や準備を経て、いよいよ文化祭当日となります。『リア王』という著名なお芝居のストーリーや舞台の様子はあっさり省略して、裏方たちの苦労にスポットを当てた書き方をしたのは本作の場合、たいへん効果的でした。おかげで終幕時にも、客席側ではなく舞台袖の方に読者の注意が向き、プロンプターである筆者の方へ自然に視線が誘導されていくからです。よく計算された構成です。

部員たちと手を握り合う筆者に、「渡部さん。脚本を書いたんだってね。台詞がなかなか良かったよ」と声を掛ける高野喜久雄。その声を聞いて一気に緊張が解け、「私は、高野に一番褒めてもらいたかったのだ」と感じる筆者。あたかも、公演が終わった後にもう一つの劇が始まったかのような、見事な「連載の引き」になっています。

いよいよ、物語が動き始めました。高野の声を聞いて涙ぐんだ筆者が、どういう心情で彼と関わっていくのか、ますます目が離せません。

6　小雪の降る道

高校一年の二学期の期末試験が終わった日曜日、高野喜久雄の詩の会へ行った。文化祭で劇の脚本を書き、高野が観にきて、褒めた。詩の会への参加に迷っていたが、それで意を決し、行ってみる気になった。

会場の図書館の会議室の引き戸を開けると、薪ストーブの赤い火がまず目に入った。コの字型にした机に向かって、若い男女十人程がプリントに目を落としている。しーんとした部屋の空気に私はたじろぎ、場違いなところへ来てしまったと緊張した。

黒板の前の高野は私を認めると、立ち上がって手招きをし、左隣の椅子を指した。近づくと「こちら、ワイフ」と右隣の女性を紹介した。色白で彫りが深く、バーグマンに似た女性が微笑んで会釈した。びっくりした。何の根拠もないのに、私は高野が独身だと思い込んでいたのだ。高野は皆が読んでいるのと同じプリントを渡しながら「詩、持って来た？」と訊いた。半ば動転している私は咄嗟に

「今日は見学だけで」と言い、詩の入っている鞄を後ろへ隠すようにした。

高野は頷くと、「この会を見学に来た北城《きたしろ》の渡部さん」と、皆に簡単に紹介し、会は始まった。一人ずつ自分の詩を読み上げる。プリントには以前、高野に渡された詩集と似た難解な言葉が並んでいる。新潟大学の学生や教師と思われる人達が、互いに作品への感想や疑問を言い合い、答えている。意見が出切ると、高野は皆の感想を含めて講評する。

休憩に入った時、高野は「どう。感想は」と訊いた。「難しくて私には無理です」。帰るきっかけを待っていた私に、「段々解ってくると思うけどなあ。じゃ、詩が出来たらぼくに送るといい。詩と限らず、書いて自分を表現することは、続けるんだよ」と言った。

図書館の近くの家からクリスマスソングが微かに漏れている。私は打ちのめされたような惨めな気持ちで、小雪の降る道を歩いた。


（二〇一九年十二月）

【課題】クリスマス

感想

高野喜久雄の長い物語の一章を、新たに書きおろして下さいました。前後関係から言うと、「初めて声を聞いた」の次に位置すべきお話ですね。岡演劇部長に「あんたは詩より小説の方が向いている」と言わしめた筆者らしく、八百字の中に巧みな起伏をつけ、台詞も吟味して、見事な一幕物に仕上げています。

詩の会の会場に入って、最初に目に入る「薪ストーブの赤い火」。普通なら高田の冬の寒さを和らげる暖かい火のはずですが、初参加に緊張した筆者にとって、これは行く手を阻む炎のようにも感じられたことでしょう。

そして、高野から「こちら、ワイフ」と紹介された妻は、色白で彫りの深い、イングリッド・バーグマンを思わせる美人でした。独身だと思い込んでいた「憧れの詩人」に妻がいたという事実は、さらに筆者を動転させます。せっかく書いてきた詩の入った鞄を「後ろへ隠すようにした」というくだりからは、舞台上の人物配置まで目に浮かんできます。上出来の〝脚本〟です。

詩の会で読み上げられる作品は、どれも筆者には歯がたたない難解なものでした。それ以上に、高野への憧憬が打ち砕かれたような思いが、筆者をその場にいたたまれなくさせます。会場を辞した筆者の耳に聞こえてくるクリスマスソングが、ある意味残酷で効果的なＢＧＭとなって心に残ります。

7　密かな夢

高野喜久雄に、詩の会へ入って一緒に勉強をしようと勧められていた。高一の十二月に初めて参加したが、高度な詩の会だったのに加えて高野夫人に紹介され、自分がとんでもなく背伸びしていることを思い知らされた。たちまち自己嫌悪に陥った。

詩を通して知る高野を、私は優しいと思っていた。しかし数学、土木の教師としての高野は、「加茂農林高校は、新潟一の農業高校だ。絶対追いつき、追い越すのだ！」と容赦無く落第点をつけて扱《しご》いたので、嫌われていたらしい（「こんな橋の設計図では犬が歩いても落ちる」と言われた従兄も、お蔭で六大学の一つに入り、技術科の教師になった）。

私は、時折届く高野からの葉書によって詩を書き、励ます評をもらっていた。

高野は詩人同士の交流も多く、ＮＨＫ新潟放送局ラジオ文芸の選評などの担当もしていて忙しい様子だった。ある時、通りかかった城址公園で数人の女性たちと談笑している高野を見かけ、気づかれない様に避けて通った。私の手の届かないところに居る高野だと再び自分に言い聞かせ、進路を考える時期でもあって詩も送らなくなった。

どこの大学に受かりたいという強い願望もなく受験勉強をしていなかった。が、東京へ出て、いずれ父母を呼び寄せ、暖かい冬を過ごさせたいという思いがあった。国語の先生が母校の國學院を勧めたので、そこを受験した。大学は渋谷にある。

都庁に勤める親戚に「吉祥寺辺りに部屋を」と頼むと、御殿山に住む井の頭公園の村松園長から「部屋を貸すという山上さんの家がすぐ近くにある。夕飯だけ私の所で食べては」と連絡があって、即決した。村松さんは武者小路実篤の【新しき村】会員で穏やかな人柄だ。夫人は料理を教え、薬剤師でもある。風邪を引きやすい私には心強い。

私が東京に来たことを高野に知らせると「あなたは何故か気になる人です。困ったことがあったら、訪ねてください。詩を書く人たちです」と、名刺二枚に女性の住所を書いて送ってくれた。けれど私はその頃はもう、小説を書きたいと密かに思っていたのだった。

（二〇二〇年三月）

【課題】風邪

感想

高野喜久雄の物語の「欠けている断片《ピース》」を埋める一編です。長い物語を書く場合は、このように部分部分を少しずつ補強して、全体を仕上げていくやり方が一番です。生真面目に序章から順に書くのは挫折しやすいものです。

本作は筆者が高野からひとまず距離を置き、東京へ出て来た時期の物語です。高野の等身大の姿を知るにつれて、筆者が最初に抱いていた単純な憧れが変容していく様子が、よく描かれています。

「小雪の降る道」の回で、イングリッド・バーグマンに似た高野夫人の存在にショックを受けた筆者は、さらに通りかかった城址公園で、数人の女性と談笑している高野を見かけます。ここで堂々と挨拶できず「気づかれない様に避けて通った」というところに、筆者の屈折がよく見えます。恐らく筆者は「なぜ自分は一介の女学生で、あの人たちは高野と対等の立場なのだろう」と、自身の〝小ささ〟を突きつけられる思いだったのでしょう。

そのことも影響したのでしょうか、筆者は故郷の高田を出て、東京の大学に新天地を求めることになります。こうしてみると、やはり佐藤さんの人生は高野の存在によって大きく変わったと思わざるを得ません。

8　散文の魅力

私は高校一年の時、演劇部の岡部長に誘われ、一年の大半を演劇に費やした。だから彼女が卒業し、高野の詩の会で自分の非力を知ってからは目的を失い、無気力になっていた。

ある日、本屋に山本茂実『人生記録雑誌「葦」』が平積みになっていた。パラパラと捲ると若者の投稿雑誌で、椎名麟三「如何に生きるか」、古谷綱武「愛と真実の肖像」など、若者向けのメッセージが並んでいた。続いて、読者の様々な手記が掲載されている。私は拾い読みして、難しい言葉で内面を表現する詩より、散文の方が自分に向いているのではないかと思った。今の気持ちを書いて投稿すると、直ぐに紙面を割いてトップに採用された。他の若者の悩みや喜びに共感して感想を書いているうちに、常連となった。

私にはない、若者の背伸びしない素直な感情を知り、その人間臭さがいいと思った。私は小説を書こうかなと思い始めていた。高野には話をしていなかったが、書くということにおいては詩と変わりはない。

東京の生活に慣れると、大学の小説を書くサークルへも行ってみた。が、結局投稿雑誌でやってみようと決め、『文章クラブ』を買った。詳細は忘れたが、短編小説の選者は丹羽文雄で詩は鮎川信夫だった。入選の小説は毎月何篇か載る。八王子の佐藤武の所に東京支部があった。応募の前に十人程の仲間で作品を批評し合う勉強会が月に一回、日曜日にある。世話人の佐藤は、穏やかで誠実そうな印象だったので、初めから好感をもった。

小説を書くのに、『葦』に投稿していた経験は役に立ち、若者たちの悩みは参考になった。彼らの話にヒントを得て何篇も書いた。登場人物は、知人の容姿や性格を借りた。職業や環境も、自分で説明できるものにしていた。その中に、高野に似た人物も何回か登場した。勿論高野ではなく、単に男性を描くうえでの参考にしていたのだった。

（二〇二〇年三月）

【課題】変わらないもの

感想

「この後『懺悔』に続く」と注記がある通り、筆者と高野喜久雄との長い物語の、最後に近い一編となる作品です。まずはお疲れ様でした。

詩に行き詰まった筆者は、雑誌投稿に活路を見出します。その舞台となったのは『葦』でした。昭和二十四年に発刊された、戦後人生雑誌のはしりともいうべき存在です。のちに『あゝ野麦峠』を書いた山本茂実が中心となって、主義・思想を問わず人生と向きあう人たちの日記や手記を中心に編集された――と『戦後史大事典』にあります。戦争が終わり、表現の手段を奪われていた若者たちが一斉に自分の言葉で語り始めた時代の産物でした。

『葦』への投稿がすぐ採用され、巻頭に抜擢されたことが、文学少女にとってどれほどの喜びであったか、想像に難くありません。無垢な純粋さを追求するより、「背伸びしない人間臭さ」がいいと思い始めた筆者は、大学生活の傍ら、さらに『文章クラブ』で腕を磨きます。（東京支部世話人の「佐藤武」がさりげなく登場していますが、この方はひょっとして……？）

小説を書く時には、大量の人物像を必要とします。当然、筆者はそれまで出会った人々をモデルにして書くわけですが、中高時代に大きな影響を受けた高野に似た人物が出てくるのは避け得なかったでしょう。その経緯を、隠さず堂々と書き留めた勇気に、敬意を表したいと思います。

9　懺悔

高野喜久雄先生

一九九九年十二月二十六日。本屋の店頭で、ふと『現代詩手帖』を手にとりました。こんな事は年に一回あるかなしです。パラッと捲ると、先生の巻頭エッセイがパッと目に入ったのです。新年特別号で、巻末には全詩人の住所があり、鎌倉にお住まいと知りました。

この偶然に、呼ばれている！　と思いました。けれど家で便箋を前にしても、何を書いたらいいか――。もう、半世紀前のようなときめきは無く、戸惑いを感じたのでした。

「覚えて下さっているでしょうか。詩の会から落伍した渡部光子です。やっぱり詩は難しくて、今は俳句を少し勉強しています」と、通り一遍の近況報告しか書けませんでした。

二十七日に投函したのに、晦日には鎌倉の消印で厚い手紙が届いたのでした。

封筒の文字は、高校大学の頃何回かいただいた時のままで、途端に懐かしい気持ちになりました。「覚えていますとも。小説を書いておられると思っていたのに、俳句とは意外です。

あなたがお書きになって当選された、『婦人生活』の「愛のはじまり、そして——」の、女性にもてる詩人が女性を裏切った小説。あれを読んだ人の誰もが、モデルは僕だと言いました。全く身に覚えのないことです。なぜだ！　どうして？　と、あなたの意図が分からず、長いこと悩み、あなたを憎みさえしていました。

しかし、どうしたことでしょう。今日あなたから手紙をいただき、薄れていた憎しみより、懐かしさがふつふつと湧いてきたのです。歳月が洗い流して、その底にあるものが見えてきたからかもしれません」。読み進めて、私の体は震えてきました。私は大学を卒業した年に『文章クラブ』で一緒だった佐藤武と結婚し、主婦業の傍ら小説を書いていました。婦人雑誌の小説募集に応募した時は、モデルにしている気持ちは全く無かったので、先生をその様に傷つけていたとは思いもかけないことでした。
しかし今思うと、あれはお慕いしていた気持ちの裏返しだったと気が付きました。書くことによって、気持ちにけりを付けたかったのかも知れません。お赦しください。

（二〇一八年十月）

【課題】私の詫び状（書簡体で）

感想

詩人・高野喜久雄との邂逅の物語の、これはエピローグにあたる一章です。なるほど、こういう形で、二人の交流に有終のピリオドが打たれたのですね。さかのぼって物語の続きを読むのが、ますます楽しみになってきました。
エッセイの時制は一九九九年。高野は既に七十二歳、亡くなる七年前のことでした。偶然手に取った『現代詩手帖』に高野の名前と住所を見つけた筆者が「呼ばれている！」と直感して、戸惑いつつ便箋を広げるシーンが、第一の見せ場です。筆者の手紙の言葉で、学生時代を最後に長い間、筆者と高野の文通が途絶えていたことが分かります。

手紙を二十七日に投函したのに、晦日（三十日）に早くも分厚い手紙が届くシーンが、第二の見せ場です。しかもその内容は、筆者にとって驚くべきものでした。筆者が女性雑誌に応募し当選した「女性にもてる詩人が女性を裏切った小説」。それはモデル小説であり、女たらしの詩人とは高野本人であろうと、彼の周囲ではもっぱらの噂になっていたのでした。数十年後の手紙で「あなたを憎みさえしていました」と書くくらいですから、高野にとっては少なからずショッキングな出来事だったのでしょう。

当時はそんなつもりは無かったが、「今思うと、あれはお慕いしていた気持ちの裏返しだった」と、筆者は正直に明かします。何と潔い書きぶりでしょう。「懺悔」というタイトルの持つ意味を、最後の数行で読者は納得するのです。

10　二枚のチケット

私の小説が高野を傷つけていたと知って詫びたが、以後高野はそのことには触れなかった。かつて憧れていただけなのに、住所を知って「呼ばれている！」と思ったことが不思議だった。考えてみれば、昔、私の詩への批評も葉書か手紙だったし、文通再開後も、直接話をしたことはない。

ある時、「あなたの都合の良い時にお会いしましょう」と書かれた手紙に焦った。モデルにされたと思った高野の心境を思い、「お慕いしていた気持ちの裏返し」と書き繕ったので照れがあり、「いずれ」と書いた。

それまで、私は高野の詩人としての業績を殆ど知らなかった。「作品は戦慄に近い感動を呼び起こす。戦後詩の独自な一極点である」（朝日新聞社『現代日本朝日人物事典』）。イタリア語に訳された詩は、現地でブームとなり、イタリアへ招かれ、受賞もしている。高校の音楽の教科書に「雨」、国語では「崖くずれ」が採用され、数学者として、円周率の計算に〔高野公式〕が使われている。こうしたことを、図書館で調べて知った。これ程の詩人と、手紙を交わしているのか。以前、手紙に「僕の詩を日本で理解できるのは、高田三郎と鮎川信夫位だろう。前に、詩壇で賞の候補に挙がっているから詩集を送れと言うので、読んでいない人へ賞のために本を差し出すのは僕の美学に反すると断った。以来、僕は日本の詩壇の異端者です」と書いてきた。高野の気位の高さを物語っていて、私の小説に傷ついたことは想像に余る。

ある日、長男が郵便物を渡しながら、「この高野喜久雄って、『水のいのち』の？」と訊いてきた。彼は大学までオケに入っていたので音楽に詳しい。

高野からの手紙を開けると「五月二十一日に東京文化会館で〈高田作品の名手によるひたすらないのちコンサート〉があります。ワイフの都合で行かれないので」と、チケット二枚が同封されていた。

〈未完〉

（二〇二〇年四月）

【課題】焦る

感想

前作が高野の物語の最後の一編かと思っていましたが、本作が本当の「最終版」だったのですね。失礼しました。改めて、お疲れさまでした。

筆者が書いた小説をめぐって、高野との緊張したやり取りがあった後のお話です。高野との適度な「間合い」を見出した筆者が、その後、彼をどんな風に思い続けていたのかが、ここに示されています。高野の詩業を改めて知り、「これ程の詩人と、手紙を交わしているのか」とたじろぐ場面は、筆者が知性の階段を一歩一歩上がるにつれて、どのような変化を遂げていったかを、よく表しています。筆者はこの辺で、真の大人になったのでしょう。

一方で、「賞のために本を差し出すのは僕の美学に反する」という高野の手紙を引用するくだりからは、その「気位の高さ」へのかすかな批判も読み取れます。高野を、長所も欠点も抱えた一人の人間として、冷静に見ることができるようになった筆者は、もうかつてのように舞い上がったり、打ちのめされたりすることはなくなったに違いありません。

それから矢のように時が流れて二〇〇〇年五月、高野からのチケットを手にした筆者は、東京文化会館のコンサートに向かうことになります。物語は「見えない翼　あるかぎり」の冒頭へと繋がり、見事な大団円を構成するのです。

蓮祭り

上越の旧高田市は、七月二十日から八月二十五日までの間は蓮祭りだ。

江戸時代の前半、徳川忠輝の高田城があった。平城なので、内濠と外濠で城を守った。戊辰戦争や廃藩置県で財政に困窮し、明治四年、地主の保坂貞吉が外濠に蓮根を植え、それを売って旧藩のための資金にと考えたそうである。

昭和二十八年、蓮の権威、大賀一郎博士が訪れ、「このような大規模な蓮池は世界でも稀だ」と激賞された。市民は「東洋一」と誇りに思って、大事に世話をしている。

祭りと言っても花火も笛も太鼓も無い。観光客には、早朝の蓮の開花や、雁木通りの町屋を案内するくらいで、静かな祭りである。

同じ場所が、春には四千本の吉野桜が雪洞と共に濠に映り、日本三大夜桜と囃され、百万人の観光客で賑わうのとは対照的である。

高田の高校で十四年間数学の教師をしていた詩人の高野喜久雄に、桜の詩は無いと思う。だが蓮の花なら合唱組曲『この地上に』の中に「蓮の花が咲いている／泥の中にさえこれだけの／きよらかな色と形が／ひそんでいるというように」と続く、四連の歌詞がある。


高野先生は二〇〇六年五月一日に亡くなった。四月三十日に打ったメールの返信が来ないので、胸騒ぎがして昼過ぎにお宅に電話し、ご長男の明彦氏に知らされた。「後日音楽葬を開く。今電話をいただいたのも何かの縁でしょう。家族葬だが来てほしい」と言われた。通夜、葬儀と参列して、白い蓮の花弁のようなお骨を拾った。先生に呼ばれたかのような不思議な縁だ。

私は先生のために、何かしたかった。そうだ、有名な『水のいのち』の歌詞は高田で書かれたことを、高田の人達に知ってもらおう。

作曲をした高田三郎の高弟、鈴木茂明氏が指揮する混声合唱団「コーロ・ソフィア」を高田へ招き、高田の合唱愛好の人達と合同で演奏会を開いてはどうか。その思いは「蓮の花コンサート」として、多くの人達の協力で実現し、成功裏に終わった。

三回忌の二〇〇八年、蓮祭りの最中だった。泉下で、高野喜久雄先生は喜んで下さったに違いない。

（二〇一九年十一月）

◎参考資料『わがまち上越』小林金太郎（元朝日新聞記者）

【課題】祭

感想

筆者の故郷、上越高田の「蓮祭り」。この素朴な祭りをモチーフにして、後半は詩人・高野喜久雄の死去と葬儀、追悼のコンサートについて綴っていきます。小説のような骨太でがっしりした構成が、読者を導きます。

高田城の外濠が蓮の名所となるに至った経緯は、前半で丁寧に説明されています。特に大賀一郎博士の激賞の言葉を書き込んだことで「人くささ」と温かみが加わりました。歴史は人で出来ていることを実感します。

後半、高野と「蓮」をめぐる不思議な縁《えにし》は、肉付けしていけば一冊のノンフィクションになりそうです。高野の詩に桜は登場せず、蓮の花は『この地上に』に出てくるという一節は、何気なく読み飛ばしそうになりますが、高野の詩業を隅から隅まで知っている佐藤さんだからこそ書ける事実でしょう。

高野が亡くなり、家族葬に参列した筆者は「白い蓮の花弁のような」お骨を拾います。そして故郷の人々に高野を知ってもらおうと「蓮の花コンサート」の実現に奔走し、三回忌の年、蓮祭りの最中にそれを実現します。

高野との交流は筆者の作品に何度も登場しますが、本作は格別です。高野の魂は、あたかも蓮の花によって浄化され、済度されているかのようです。

6000字のあとがき

□エッセイの書き方って——

私は朝日カルチャーセンター立川教室で、前現代俳句協会会長で、俳誌『岳』主宰の宮坂静生先生の「俳句実作講座」を受講している。そのカルチャーに、「エッセイを書く」講座があるのが気になっていた。

私は書くことが好きだ。幸せなことに、故郷新潟の高田に、六十年もの歴史をもつ『文芸たかだ』という雑誌があって、時々書かせてもらっている。エッセイは、「心にうつりゆくよしなしごと」を書くものと思って、書きたい題材があると、気の向くままに長さに拘らずに書いていた。しかし、掲載されてもどこからも何の反応も無い。

俳句の場合は、皆は少しでも上手になりたいので、吟行などをして詠んだ句で句会を開き、遠慮なく「季語に近過ぎる」とか、「発見が無い」「句材が古い」など切磋しあい、講座や岳誌に出して先生の評を待つ。それが楽しいし、緊張感もある。散文を書く仲間は近くにはいない。活字になったものを、友人に見せて感想を訊くと、「すらすら読めて、面白かった」とは言ってくれるが、それでは駄目なのだ。いつも（こんな書き方いいのかな）という不安があって、その解消にはならない。専門家の評価、私の物差しになるものがほしいと思っていた。

二年程前に講座案内を読んだ。だが、経歴を見て受けたいと思った講座は欠員待ちだった。宮坂先生の俳句講座は、いつも欠員待ちだ。やはり欠員待ちの講座は、辛抱強く待った方がいい。

欠員が出たと、報せがあって講師の先生に会った。待っていてよかった。貴志友彦先生は言葉遣いが丁寧で、温厚そうだ。瞬時に人柄の良さが感じられた。講座案内によると、朝日新聞のデスクを務め、数千人の文章を読んでこられたとある。特集版の編集長までされた方だ。私の息子より二歳年上だが、お若い。エッセイの講座には課題があり、八百字以内に収めるとある。私はそんな短いエッセイを書いたことは無い。

「八百字では、書き出しだけで終わってしまいます。もっと長く書いてはいけませんか」講座案内に字数制限が書いてあるのにもかかわらず、不躾を承知で訊いた。

「八百字でしっかり書けるようになれば、どんな文も書けます」と、穏やかな表情のまま、きっぱりと言われた。「もし、長いものをお書きになりたかったら、何回かに分けて書く方法もあります。ただ、一回ごとに八百字でまとめてください」と。

八百字が文章の基本なのだと知った。月に二回、三カ月で一期なので、手続きの時に六回分の課題が渡される。そこに書かれた課題は、「カレー」「駅」「暑中見舞」「自由題」などだ。

これらの課題はテーマにしなくても良く、書くことに困った時の手掛かりになれば、という意味での課題らしい。例えば、「カレー」なら、「我が家のカレーには、茄子が入っている。皆茄子が好きなので欠かせない具材だ」などと正面から取り組んでもいいし、今自分が書きたいことがあったら、それを書いて、最後の一行に、「さて、今夜は子供たちの好きなカレーにしよう」などとテーマと全く関係が無い結びに使ってもいいのだ。
字数に制限があって課題（季語）のある縛りは、俳句と似ているなと思った。

□受講して

初参加の私は自由題で「ピンポーン」を出した。この時は十七人の作品があった。二時間の講座時間から十分の休憩を引いて、百十分を人数分で割る。一人当たり六分として、最後の人の作品も時間が足りなくならないように、効率よく進められた。

今日の教材は、前回教室に入る前に受付に提出しておいたもので、帰りにはコピーされて冊子にして渡されている。事前に家でゆっくり読める。講座では、一作ずつ筆者が読む。白板を使って、それぞれの作品が「人もの」「季節もの」「三題噺もの」などに分けての基本のおさらいをした。見たことをそのまま書くだけでは、ただの説明に終わってしまう。自分の感想、クライマックスを書くようにという話で終わった。

（え？　書いたものの批評がほしいのに）。

と、先生はささっと机間を回って、提出してあった今日の原稿とＡ４の用紙にプリントされたものを、セットにして配って歩かれた。

周囲の人たちは配られたプリントを直ぐに読み始めた。そのプリントは、なんと一人ひとりに宛てた作品の感想だった。五百字から六百字、用紙の半分を占めている。

私も急いで目を通し、思わず「こんなことを?!」と声をあげた。未だ室内で立ち話をしていた先生は、私の声に振り向いた。私は立ち上がり、「有難うございます」と言った。感想の後の余白に、「こうしたらどうでしょう」というコーナーがある。

「［着信面に見慣れた数字が並ぶ］は間違いではありませんが、［数字］より［番号］という言葉を使った方が直感的にわかり易くなります」「最後の部分の説明が長すぎます。少し削って、その分、別の所を膨らませてみました」などと、何カ所かの指摘が書かれていた。ありがたかった。

「先生は、こんなことまでして下さるのね！」と近くの人に言った。「そうなのよ。凄いでしょう。そして、必ず褒めてくださるのよ」と言ってまたプリントに目を移した。

これこそ、私の求めていた客観的な批評だ。いや、思いもよらない講評の仕方だった。それを最初として、先生からたくさんのことを学んだ。【課題】に応えようと書き始めると、不思議と書くことが次々に浮かんでくる。心の奥にこんなにもたくさんの事が眠っているのかと驚くようだ。

高校一年の時に半年ほど演劇部に居たことが、今まで影響していたとは、思いがけない事だった。第一、「台詞の扱いが抜群にうまい」などと言われたのは、生まれて初めてだ。自分では全く気が付かないでいたことを、先生は一言で言ってくださり、感激した。

思えば、中学生に教える『走れメロス』『夕鶴』『野菊の墓』などの国語の教材では、作品の内容に添いたいと他の先生たちが敬遠する演劇化を、出来るだけやっていた。文化祭に参加する時は、学年としての演しものになるので、クラスを越えて生徒を集めての取り組みだ。放課後の部活に気をとられたり、塾があったりと色々な生徒が居るのをまとめて、一つのものを作り上げるのは大変だったが、それはそれで、懐かしい思い出となって残る。

□こういう指導法で

先生は私達が提出した原稿に朱を入れて添削するのではない。一人ひとりの原稿をご自分のパソコンに入力しながら（ん？）と、引っかかるところで指を止め、（ここが問題だな。こうしたらいいのに）と、チェックされて抜き出し、「こうしたらどうでしょう」コーナーにプリントして渡される。

知らない地方の行事などが書かれていると検索され、みんなのためにコピーして講座の時に配布される。地味なことに大変な労力と時間を費やされているのだ。

私が先生から学んだ大事なことの一つに、エッセイで事実を書く時、うろ覚えや人づてに聞いたことをそのまま書かないこと。自分の目で確かめたり、文献で調べて責任のある書き方をする、ということである。

私が学生の頃関わっていた雑誌が「文章倶楽部」か「文章クラブ」かを、夫に聞こうと思いながら、曖昧なまま「文章倶楽部」として提出した。「「文章倶楽部」もありましたが、それはもっと古くて、佐藤さんの年代だと「文章クラブ」ではないか、と」と、私よりずっと若い先生に指摘された。夫に訊くと、「間違えちゃだめだ。小田久郎の「文章クラブ」だったじゃないか」と叱られてしまった。

先生は大変博識で、誠実な方だ。それは、疑問に思うことは徹底的に調べ、確かめて納得する、という積み上げによるものであろう。この姿勢は、報道記者の書いたものが間違えてはいないかと、気を遣う新聞社のデスクで培われたものに違いない。

あるとき、「いつも私たちに大変なことをしてくださっていて」と言うと、「いや、皆さんの作品を読むのが好きなんですよ」と、こともなげに言われたので、驚いた。読むのがお好きかもしれないが、素人の文章だ。ここにも受講生を大事にされる先生の人柄が窺える。

「私の詫び状」という課題の時は、直ぐに高野先生宛に（高野先生は、文章の中で先生と書かれるのを嫌い、高野か彼にするようにきつく言われていたので、作品中だけ高野と呼び捨てにしている。だが、あとがきや「蓮祭り」の場合などは、無意識に高野先生と書いている）実際に書いた「お詫び」のことを思い出し、そのことを「懺悔」としてもう一度書こうと決めた。いざ八百字で書いてしまうと、その前後の事が無いと読む人には何の事か伝わらないであろう。そこで、別の課題の時に繋がるように書いたが、順序が飛び飛びになってしまった。書いていると、当時の事が次々と思い出される。これはこの「課題」があったからこそ思い出して書けたことで、感謝している。しかし、このエッセイ集に入れるに当たって順序をそろえてみると、まだまだ埋め足りない隙間が出てきた。

その中に、書店で高野先生のエッセイを目にした時、【呼ばれている！】と思ったことの謎解きも未だだ。だから、完成まで後六、七回は必要だろう。この先、何年生きていられるかわからないし、認知症になるかも知れないけれど、それまでは自分の宿題として、ゆっくりと続きを書いていきたい。

□本にしたい

若い頃、学級活動で生徒に書かせる作文の時は、私も同じ題材で書いていた。生徒の作文を保護者にも見せるためにコピーしたものを印刷し、文集にして配った。その中から、私はいくつか自分で残したいものを別にまとめて本にしていた。これは私の趣味でもあった。だが、何冊か溜まると初めの時に感じた感動は薄れてきた。学級を持たず、忙しくなったために、生徒と一緒に書く機会が無くなったせいでもある。

それなのに、私がこれらのエッセイを、本にしたいと思い立ったのは、先生の【感想】を五、六回読んだ頃からだった。（ああ、こういう書き方でいいのか）、（このエッセイはこういう読み方も出来るのか）などと、作者の私が思いも及ばないような読み取り方をされていたからだ。これは、作者の力ではなく、書かれている言葉の響きまでも感じ取られる先生の感性によるものだ。だから、レベルの高い鑑賞となっている。

それはまるで、作者の手から一度離れた子供が、先生によって驚くほど成長した姿になって戻されてくるようだ。このように優れた読み手に出会えるのは、幸せなことである。

たった八百字のエッセイから、こんなに作者の心理を分析して気持ちを見通し、先回りして面白がったり、励ましたりしてもらえる評者には、この先出会えないだろう。

「編集者は書き手を育てる」と聞いているが、このことなのだ。

私が書いたエッセイと【感想】、このあとがきを併せて読んでいただけたら、エッセイの書き方の【ノウハウ本】のようで、わかり易いのではないか、と思う。

それからもう一つの思いは、「感想」を読んで、どれも愛着のあるエッセイになったことである。これを講座の後、家でただ積んでおくとやがては他の紙と一緒に反故になってしまうだろう。

もったいないことである。それを避けるには、一冊の本にするのが一番いい。

孫子には勿論、私の知らない人たちに読んでもらえたら嬉しい。

時を見計らい、先生に本にしたいと話をしてみた。「講座で書いた私の感想はもう佐藤さんのものですから、どのようにお使いになっても結構です。けれど、私は講師ですから、教室を出たら、個人的なことには一切かかわることはできませんので、佐藤さんの方で、進めてください。ただ、私の名前を表紙や奥付に載せることはしないと約束してください」と言われた。先生の感想を使用する許可をいただけて、嬉しかった。

先生は受講生には、いつも公平、公正に接しておられる。私は約束を守って、先生にご迷惑をかけまいと、出版社選びから作品の並べ方まで、一人で模索したのだった。

どの作品も八百字だが、「見えない翼あるかぎり」を一つの話にまとめることにすると、繋がりを補足する必要があった。講座へ提出した後だが、字数が増えたり、エッセイなので、文中に仮名を用いたりもした。

「発刊によせて」を書いてくださった後藤丹先生は、新潟県の音楽界の第一人者である。ご多忙にもかかわらず、序文をいただき、とても恐縮している。800字の規格に倣い、過分なお言葉をぎゅう詰めにしてくださった。

先生とは、『文芸たかだ』でもご一緒で、毎号「歌は時を越えて」を連載されている。十二年前の「高野喜久雄追悼コンサート」では、実行委員長を務めていただき、大変お世話になった。高野先生から最晩年に戴いた詩に曲をつけ、披露してくださりもした。

詩と合唱の地味なコンサートなのに、文化会館の千五百席の九割近くが埋まった。後藤先生のお人柄に因る。翌日の『上越タイムス』は第一面の全面で、その様子を報じた。シャイな高野先生は、泉下で笑みを堪えておいでだったろう。

今回、後藤先生に「小雪の降る道」「渾名」の二作を送っただけで「エッセイの教則本」と、言い当ててくださった。有難うございました。

□同志がいるから

私には顔を合わせれば、「書きましょうね!」と、手を握り合う友達が二人居る。一人は、高田文化協会の事務局長で、文中にも出ている河村一美さんだ。去年「小川未明文学賞」を受けた。

大学が四年後輩の青木笙子さんは、格別だ。調布市の社会教育指導員として、今年三月まで十組もの読書会を担当していた。その忙しい中「高野喜久雄追悼コンサート」へ駆けつけてくれ、翌日は出雲崎を一緒に歩いた。

また、広島へ資料を求めて度々出かけ、「原爆病認定患者第一号」になった女優の足跡を追った「〔仲みどり〕をさがす旅」の、ドキュメンタリーを刊行した。そして日本で初めて演劇制作者の道を開いたお父さまを描いた『沈黙の川――本田延三郎点綴』では、「小島信夫文学賞・特別賞」を受けている。更に『「仕事クラブ」の女優たち』を膨大な資料を集めて書き上げ、数年前に三越劇場で奈良岡朋子さんたちによって演じられた。更に更に、今年の三月には『築地人形』を上梓。尊敬している友人の大活躍は嬉しい。惜しみなく拍手を送っている。

私の根っこは、高野先生の「詩とは限らず、書いて自分を表現することは続けるんだよ」と言われたことにある。

おかげで八十三歳の今も、エッセイを書くのがますます面白くなり、読書会や吟行の友達に誘われると、いそいそと出かけていく。

東京へ出て間もなく出会った夫は、卒寿になった。杖が必要だが、読書は欠かさず、短歌の友人との交流を楽しんでいる。

齢をとっても趣味があるのが、生きがいである。

そして何より私達老夫婦を見守ってくれている家族に、心から感謝をしている。

出版に当たり、東京図書出版の皆様には、殊の外、お世話になりました。心に残るエッセイ集となりましたことを、深く感謝いたしております。

令和二年　初夏

佐藤光子

佐藤　光子（さとう　みつこ）

1936年11月　新潟県上越市（旧高田）生まれ
1961年１月　［婦人生活］第五回懸賞小説一席「愛のはじまり、そして ──」新年号、二月号連載
1989年８月　俳誌［麓］（師系加藤楸邨、齊藤美規主宰）入会、後同人
1992〜2000年　エッセイ集［夜半の宴・拍手！・母の文机・先生でありがとう］近代文芸社
1997年７月　句集［蚕しぐれ］花神社
1999年５月　第16回［文芸たかだ］文学賞・花火
2001年９月　エッセイ集［天に月］花神社
2002年４月　［かみえちご森の文学賞・水の音］
2003年12月　［上越タイムス］短編小説［小骨が ──］連載
2004年１月　［上越タイムス］短編小説［倒れる］連載
2005年６月　第15回［文芸たかだ］同人賞・蚊帳
2006年６月　エッセイ集［水澄めり］新風舎
2008年８月　高野喜久雄追悼・蓮の花コンサート［詩と音楽の出会い］企画・開催
於・上越文化会館大ホール
2010年６月　俳誌［麓］終刊
7月　俳誌［岳］（宮坂静生主宰）入会、後同人

現代俳句協会会員　高田文化協会［文芸たかだ］会員　上越ネットワーク会員

課題で書く800字エッセイ

2020年7月3日　初版第1刷発行

著　　者　佐藤光子
発 行 者　中田典昭
発 行 所　東京図書出版
発行発売　株式会社 リフレ出版
〒113-0021　東京都文京区本駒込 3-10-4
電話 (03)3823-9171　FAX 0120-41-8080
印　　刷　株式会社 ブレイン

ISBN978-4-86641-327-3 C0095
Printed in Japan 2020